El Nabo

Recopilación: Josefina Urdaneta
Ilustraciones: Diana Requena

Había una vez un viejo campesino que sembró un nabo.

Días después le dijo:
—¡Crece, crece, pequeño nabo! ¡Crece y hazte grande!

Y el nabo se hizo cada vez más grande y dulce,
hasta que llegó a ser enorme.

haló...

Un día, el campesino quiso sacarlo, haló...

...y siguió halando,

...pero no pudo arrancarlo.

Entonces, el campesino llamó a su mujer.

La mujer haló al hombre.
Y el hombre haló al nabo.
Y halaron una y otra vez, pero no pudieron arrancarlo.

Entonces, la mujer llamó a su nieta.

La nieta haló a la mujer.
La mujer haló al hombre.
Y el hombre haló al nabo.
Y halaron una y otra vez, pero no pudieron arrancarlo.

Entonces, la nieta llamó a su perro negro.

El perro negro haló a la nieta.
La nieta haló a la mujer.
La mujer haló al hombre.
Y el hombre haló al nabo.
Y halaron una y otra vez, pero no pudieron arrancarlo.

Entonces, el perro negro llamó al gato.

El gato haló al perro negro.
El perro negro haló a la nieta.
La nieta haló a la mujer.
La mujer haló al hombre.
Y el hombre haló al nabo.

Y halaron una y otra vez y, por fin...

...¡salió el nabo!